CME-K
2nd Edition

補充練習 繁體版
Traditional Character Version

Worksheets
CHINESE MADE EASY
FOR KIDS 輕鬆學漢語 少兒版

2

U0063588

Yamin Ma

Joint Publishing (H.K.) Co., Ltd.
三聯書店（香港）有限公司

Chinese Made Easy for Kids (Worksheets 2)

Yamin Ma

Editor	Hu Anyu, Li Yuezhan
Art design	Arthur Y. Wang, Yamin Ma
Cover design	Arthur Y. Wang, Zhong Wenjun, Sun Suling
Graphic design	Zhong Wenjun
Typeset	Sun Suling

Published by

JOINT PUBLISHING (H.K.) CO., LTD.

20/F., North Point Industrial Building,

499 King's Road, North Point, Hong Kong

Distributed by

SUP PUBLISHING LOGISTICS (H.K.) LTD.

16/F., 220-248 Texaco Road, Tsuen Wan, N.T., Hong Kong

First published April 2012

Second edition, first impression, September 2015

Second edition, third impression, May 2021

E-mail:publish@jointpublishing.com

輕鬆學漢語 少兒版 (補充練習二) 〔繁體版〕

編　著	馬亞敏
責任編輯	胡安宇　李玥展
美術策劃	王　宇　馬亞敏
封面設計	王　宇　鍾文君　孫素玲
版式設計	鍾文君
排　版	孫素玲
出　版	三聯書店（香港）有限公司 香港北角英皇道 499 號北角工業大廈 20 樓
發　行	香港聯合書刊物流有限公司 香港新界荃灣德士古道 220-248 號 16 樓
印　刷	美雅印刷製本有限公司 香港九龍觀塘榮業街 6 號 4 樓 A 室
版　次	2012 年 4 月香港第一版第一次印刷 2015 年 9 月香港第二版第一次印刷 2021 年 5 月香港第二版第三次印刷
規　格	大 16 開（210×260mm）68 面
國際書號	ISBN 978-962-04-3713-7

前言

　　編寫《輕鬆學漢語》少兒版補充練習冊（第二版）的目的，是希望學生能通過各種題型的相關練習，鞏固所學的語言知識，提高語言技能。

　　作爲課本和練習冊的補充材料，本書既可以供教師在課上當作練習使用，也可以作爲學生的課下作業。還可以作爲考卷，用來測試學生對每課內容的掌握程度。

馬亞敏

2015年5月

目 錄

第一單元
第一課 你住在哪兒 Where do you live 1
第二課 我愛家人 I love my family 5
第三課 妹妹的生日 Younger sister's birthday 9

第二單元
第四課 動物園 Zoo 13
第五課 喜歡的顏色 My favourite colours 17
第六課 可愛的弟弟 My younger brother 21

第三單元
第七課 我上二年級 I am in Grade 2 25
第八課 我的同學 My classmates 29

第四單元
第九課 我會說漢語 I can speak Chinese.................33
第十課 我的學校 My school 37
第十一課 請進 Please come in.................41

第五單元
第十二課 現在幾點 What time is it 45
第十三課 我八點上學 I go to school at eight 49
第十四課 早飯吃麵包 I eat bread for breakfast 53

第六單元
第十五課 我騎車上學 I ride the bicycle to school 57
第十六課 哥哥的愛好 My elder brother's hobbies 61

第一課　你住在哪兒

A　Write the numbers in Chinese.

①

②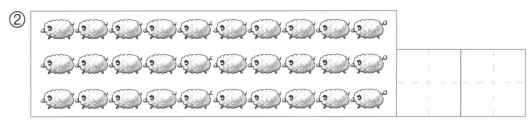

③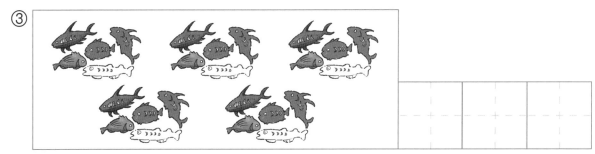

B　Write the telephone numbers in Chinese.

1) 2524 7168

2) 9260 3475

_____　　_____

C　Draw the structure of each character.

1) zhù　住 → ☐　　2) huā　花 → ☐　　3) lù　路 → ☐

4) huà　話 → ☐　　5) nǎ　哪 → ☐　　6) duō　多 → ☐

第一課　你住在哪兒

A **Fill in the missing numbers in Chinese.**

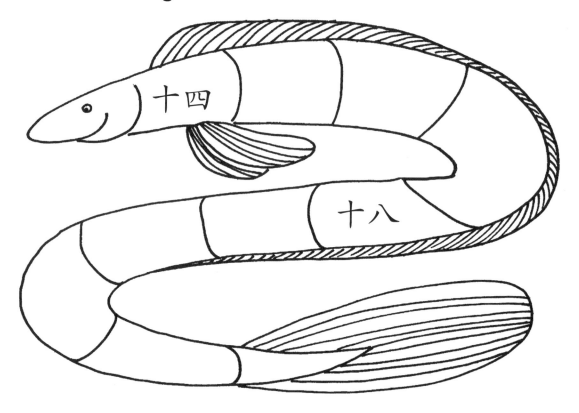

十四

十八

B **Circle the words as required.**

diàn 電	huà 話	hào 號	mǎ 碼	shū 書
sān 三	shí 十	jiǔ 九	nǎ 哪	fáng 房
duō 多	shao 少	lǎo 老	bú 不	ér 兒
nǐ 你	zǎo 早	shī 師	kè 客	yì 一
duì 對	bu 不	qǐ 起	qi 氣	bǎi 百

1) how many √
2) thirty-nine
3) study
4) you're welcome
5) where
6) one hundred
7) good morning
8) teacher
9) I am sorry; excuse me
10) telephone number

第一課　你住在哪兒

A **Draw your house and then write the number of your apartment/ house and your telephone number in Chinese.**

1) The number of your apartment/house: _____

2) Your telephone number: _____

B **Write the radicals.**

① ☐ enclosure

② ☐ foot

③ ☐ stone

④ ☐ towel

⑤ ☐ heart

⑥ ☐ sun

⑦ ☐ female

⑧ ☐ standing person

⑨ ☐ two people

3

第一課　你住在哪兒

A Fill in the blanks with the words in the box.

shéi	nǎr	duō shao	jǐ	shén me
誰	哪兒	多少	幾	什麼

nǐ jiào　　　 míng zi
1) 你叫＿＿＿名字？

nǐ jiā yǒu
2) 你家有＿＿＿？

nǐ jiā yǒu　　　 jiān wò shì
3) 你家有＿＿＿間卧室？

nǐ jiā de diàn huà hào mǎ shì
4) 你家的電話號碼是＿＿＿？

nǐ jiā yǒu　　　　　 kǒu rén
5) 你家有＿＿＿口人？

nǐ jiā zhù zài
6) 你家住在＿＿＿？

B Rearrange the sentences to form a paragraph. Number the sentences.

☐ wǒ bà ba　　 mā ma de fáng jiān hěn dà
我爸爸、媽媽的房間很大。

☐ wǒ jiā zhù zài huā yuán lù qī shí wǔ hào
我家住在花園路七十五號。

☐ wǒ de fáng jiān bú dà
我的房間不大。

☐ wǒ de fáng jiān li yǒu chuáng hé yī guì
我的房間裏有牀和衣櫃。

☐ wǒ jiā de kè tīng hěn dà
我家的客廳很大。

C Write the characters.

① hào ☐ ordinal number

② zhù ☐ live

③ bǎi ☐ hundred

第二課　我愛家人

A Draw your family tree and then label each person in Chinese, otherwise use pinyin.

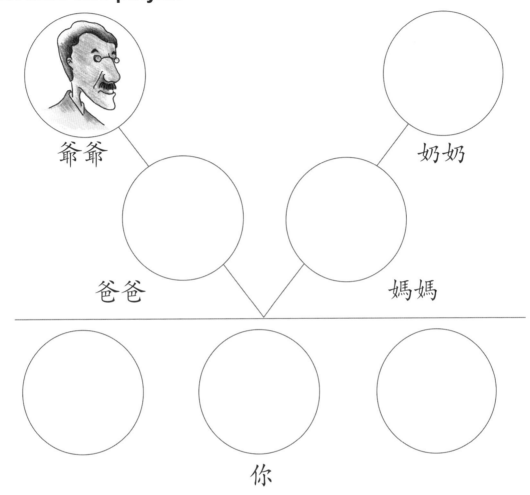

爺爺

奶奶

爸爸

媽媽

你

B Write the meaning of each word.

1) diàn huà hào mǎ
電 話 號 碼

2) nǎr
哪 兒

3) duō shao
多 少

4) shū zhuō
書 桌

5) fáng jiān
房 間

6) diàn shì
電 視

第二課　我愛家人

A Join the parts to make characters and then write their meanings.

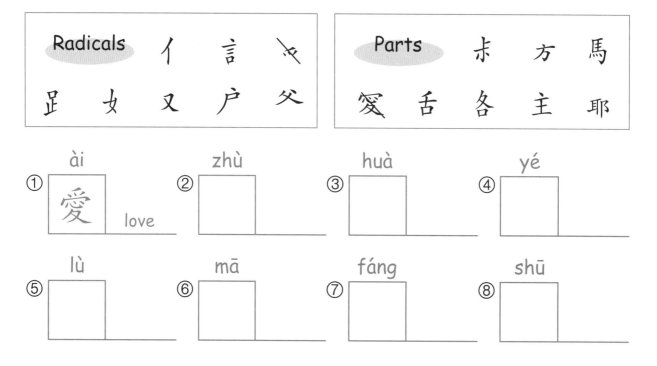

Radicals 　亻　言　牜
　　　　　 𧾷　女　又　户　父

Parts 　卡　方　馬
　　　　 夊　舌　各　主　耶

① ài
愛 love

② zhù
[ ]

③ huà
[ ]

④ yé
[ ]

⑤ lù
[ ]

⑥ mā
[ ]

⑦ fáng
[ ]

⑧ shū
[ ]

B Circle the pinyin for the words on the right.

	y	a	n	s	e		n
g	e	g	e	h			a
	y		g	u	g	u	i
	e			s			n
d	i	a	n	h	u	a	a
w	e	n	j	u	h	e	i

1) 爺爺 ✓

2) 姑姑

3) 哥哥

4) 電話

5) 奶奶

6) 顏色

7) 文具盒

8) 叔叔

6

第二課　我愛家人

A　Fill in the missing pinyin.

m	j	y	sh	zh	h	b	d	x	g	n	l

1) 爺＿＿é

2) 奶＿＿ǎi

3) 姑＿＿ū

4) 叔＿＿ū

5) 爸＿＿à

6) 媽＿＿ā

7) 弟＿＿ì

8) 姐＿＿iě

9) 兄＿＿iōng

10) 住＿＿ù

11) 盒＿＿é

12) 路＿＿ù

B　Find the common radical and then write it out.

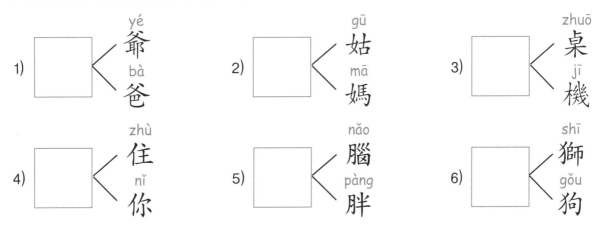

1) [　] ⟨ 爺 yé / 爸 bà

2) [　] ⟨ 姑 gū / 媽 mā

3) [　] ⟨ 桌 zhuō / 機 jī

4) [　] ⟨ 住 zhù / 你 nǐ

5) [　] ⟨ 腦 nǎo / 胖 pàng

6) [　] ⟨ 獅 shī / 狗 gǒu

C　Complete the sentences in Chinese, otherwise use pinyin.

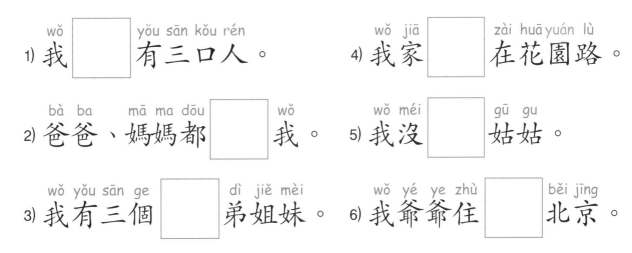

1) 我 [　] 有三口人。
wǒ　　yǒu sān kǒu rén

2) 爸爸、媽媽都 [　] 我。
bà ba　mā ma dōu　　wǒ

3) 我有三個 [　] 弟姐妹。
wǒ yǒu sān ge　　dì jiě mèi

4) 我家 [　] 在花園路。
wǒ jiā　　zài huā yuán lù

5) 我沒 [　] 姑姑。
wǒ méi　　gū gu

6) 我爺爺住 [　] 北京。
wǒ yé ye zhù　　běi jīng

第二課　我愛家人

A Draw the pictures as required.

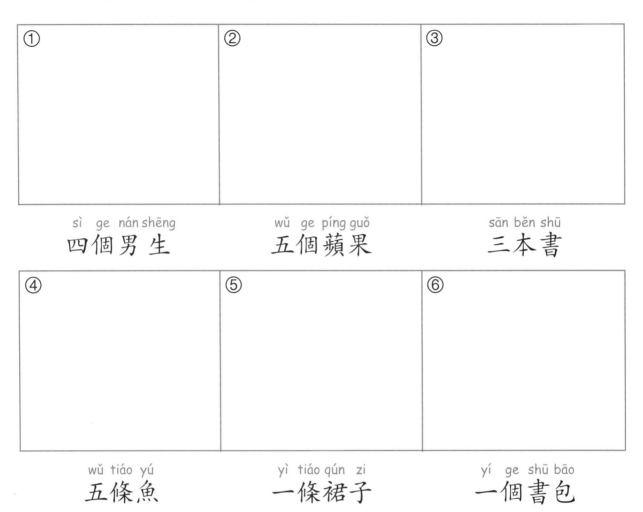

sì ge nán shēng
四個男生

wǔ ge píng guǒ
五個蘋果

sān běn shū
三本書

wǔ tiáo yú
五條魚

yì tiáo qún zi
一條裙子

yí ge shū bāo
一個書包

B Add a radical to form a character and then write its meaning.

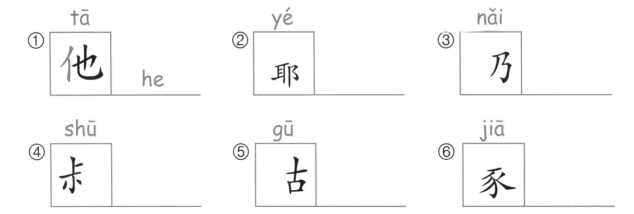

① tā 他 he

② yé 耶

③ nǎi 乃

④ shū 朮

⑤ gū 古

⑥ jiā 豕

第三課　妹妹的生日

A Write the days of the week in Chinese.

① Tuesday

星期二

② Friday

③ Monday

④ Thursday

⑤ Sunday

⑥ Wednesday

⑦ Saturday

B Write the radicals.

① ☐ strength

② ☐ claw

③ ☐ enclosure

④ ☐ foot

⑤ ☐ stone

⑥ ☐ again

C Circle the words as required.

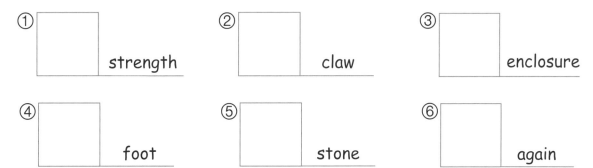

xīng 星	yé 爺	ye 爺	nǎi 奶	shí 十
duō 多	qī 期	nai 奶	tā 他	èr 二
shao 少	shēng 生	rì 日	men 們	yuè 月
diàn 電	huà 話	hào 號	mǎ 碼	jiā 家
xiōng 兄	dì 弟	jiě 姐	mèi 妹	rén 人

1) birthday √

2) Sunday

3) father's father

4) how many; how much

5) family member

6) father's mother

7) they; them

8) December

9) brothers and sisters

10) telephone number

9

第三課　妹妹的生日

A Write the months in Chinese.

① February — 二月

② September

③ March

④ July

⑤ August

⑥ October

⑦ January

⑧ May

⑨ June

⑩ November

⑪ December

⑫ April

B Add a radical to form a character and then write its meaning.

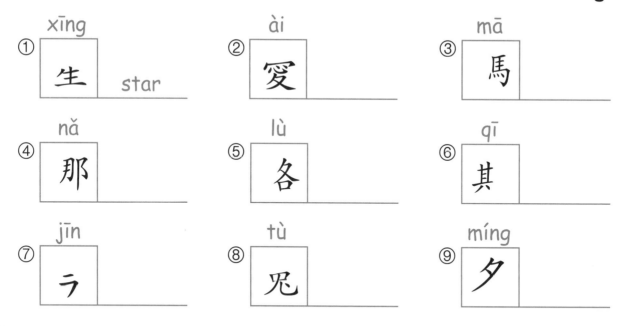

① xīng — 生 — star

② ài — 愛

③ mā — 馬

④ nǎ — 那

⑤ lù — 各

⑥ qí — 其

⑦ jīn — ラ

⑧ tù — 兎

⑨ míng — 夕

C Fill in the missing numbers.

十二			十五				十九

第三課　妹妹的生日

A Write the dates in Chinese.

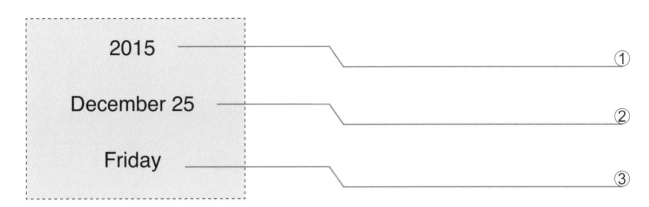

2015 ——————————————————— ①

December 25 ——————————————— ②

Friday ——————————————————— ③

B Find the radical in each character and then write it out.

jīn
1) 今 → ☐

nǎi
7) 奶 → ☐

xīng
2) 星 → ☐

shū
8) 叔 → ☐

qī
3) 期 → ☐

men
9) 們 → ☐

yuán
4) 園 → ☐

huà
10) 話 → ☐

ài
5) 愛 → ☐

mǎ
11) 碼 → ☐

yé
6) 爺 → ☐

duō
12) 多 → ☐

C Answer the questions in Chinese, otherwise use pinyin.

nǐ jiào shén me míng zi
1) 你叫什麼名字？

nǐ jǐ suì
2) 你幾歲？

jīn tiān jǐ yuè jǐ hào
3) 今天幾月幾號？

jīn tiān xīng qī jǐ
4) 今天星期幾？

nǐ jiā de diàn huà hào mǎ
5) 你家的電話號碼
shì duō shao
是多少？

第三課　妹妹的生日

A Draw today's calendar and write the date in Chinese.

今天 _____

B Join the parts to make characters and then write their meanings.

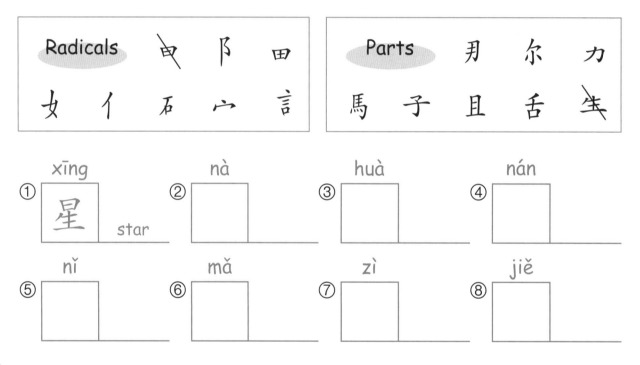

Radicals 甶 阝 田
女 亻 石 宀 言

Parts 刖 尔 力
馬 子 且 舌 生

① xīng 星 star

② nà

③ huà

④ nán

⑤ nǐ

⑥ mǎ

⑦ zì

⑧ jiě

C Answer the question by drawing a picture.

nǐ shǔ shén me
你屬什麼？

第四課　動物園

Identify the animals and then colour them in as required.

yú　hóng sè
1) 魚：紅色

mǎ　　hēi sè
2) 馬：黑色

gǒu　hēi sè　　bái sè
3) 狗：黑色、白色

māo　　hēi sè
4) 貓：黑色

hóu zi　　huáng sè
5) 猴子：黃色

lǎo hǔ　　huáng sè
6) 老虎：黃色

dà xiàng　　huī sè
7) 大象：灰色

shī zi　　huáng sè
8) 獅子：黃色

xióng　　zōng sè
9) 熊：棕色

tù zi　　bái sè
10) 兔子：白色

niǎo　　zǐ sè
11) 鳥：紫色

xióng māo　　hēi sè　　bái sè
12) 熊貓：黑色、白色

第四課　動物園

A **Find the common radical and then write it out.**

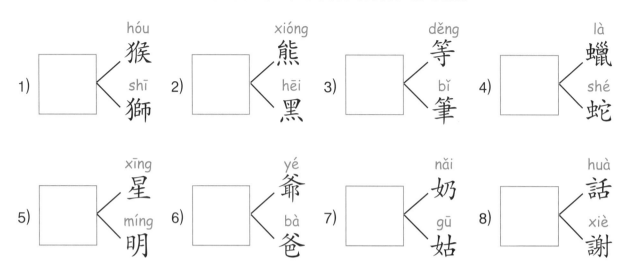

1) ⎡ hóu 猴 / shī 獅

2) ⎡ xióng 熊 / hēi 黑

3) ⎡ děng 等 / bǐ 筆

4) ⎡ là 蠟 / shé 蛇

5) ⎡ xīng 星 / míng 明

6) ⎡ yé 爺 / bà 爸

7) ⎡ nǎi 奶 / gū 姑

8) ⎡ huà 話 / xiè 謝

B **Rearrange the sentences to form a paragraph. Number the sentences.**

☐ wǒ jiā yǒu sì kǒu rén　nǎi nai　bà ba　mā ma hé wǒ
我家有四口人：奶奶、爸爸、媽媽和我。

☐ wǒ jiā zhù zài huā yuán lù shí bā hào
我家住在花園路十八號。

☐ wǒ jīn nián shí suì
我今年十歲。

☐ wǒ shǔ hǔ
我屬虎。

☐ wǒ jiào xiǎo xīng
我叫小星。

☐ wǒ nǎi nai cháng cháng dài wǒ qù dòng wù yuán
我奶奶常常帶我去動物園。

第四課　動物園

A Draw animals and then colour them in.

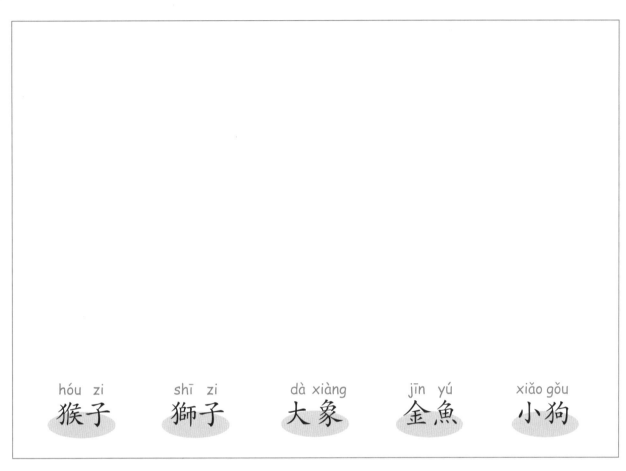

hóu zi
猴子

shī zi
獅子

dà xiàng
大象

jīn yú
金魚

xiǎo gǒu
小狗

B Write the radicals.

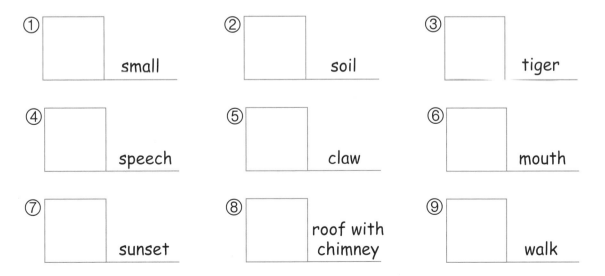

① ☐ small

② ☐ soil

③ ☐ tiger

④ ☐ speech

⑤ ☐ claw

⑥ ☐ mouth

⑦ ☐ sunset

⑧ ☐ roof with chimney

⑨ ☐ walk

第四課　動物園

A Circle the words as required.

cháng 常	dòng 動	wù 物	yuán 園	jǐ 幾
cháng 常	xiōng 兄	jīn 今	hào 號	mǎ 碼
dà 大	dì 弟	tiān 天	xióng 熊	chū 出
shī 獅	xiàng 象	xīng 星	shēng 生	māo 貓
hóu 猴	zi 子	qī 期	děng 等	děng 等

1) monkey ✓
2) etc.
3) lion
4) panda
5) zoo

6) often
7) today
8) elephant
9) be born
10) week

B Write the characters.

① tóu
　　head

② shǒu
　　hand

③ huǒ
　　fire

④ jīn
　　towel

⑤ shé
　　tongue

⑥ dòu
　　bean

⑦ pí
　　leather

⑧ yī
　　clothes

C Write the meaning of each sentence.

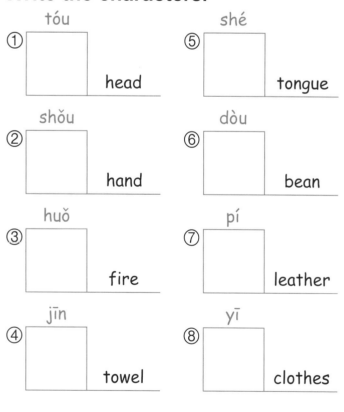

1) wǒ jīn nián bā suì
我今年八歲。

2) wǒ shǔ shé
我屬蛇。

3) wǒ yǒu liǎng ge shū shu
我有兩個叔叔。

第五課　喜歡的顏色

Identify the items from the pictures below and then colour them in as required.

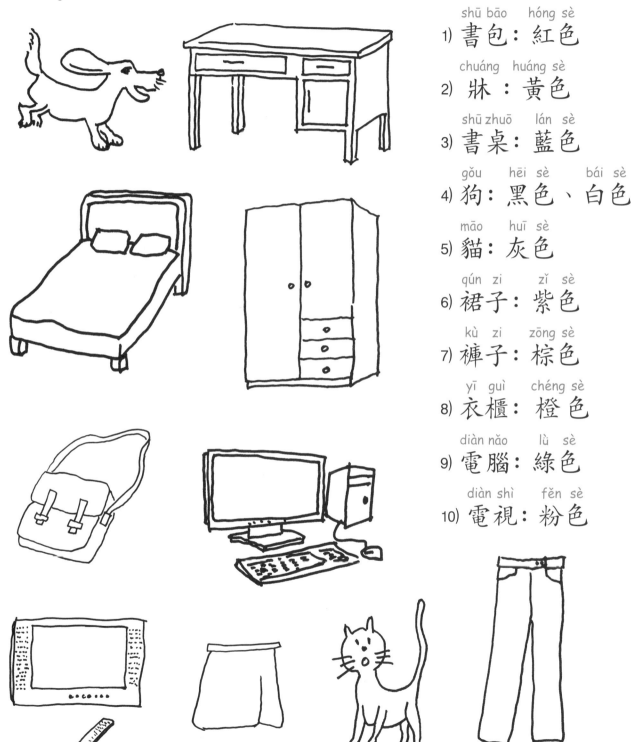

1) shū bāo 書包：hóng sè 紅色

2) chuáng 牀：huáng sè 黃色

3) shū zhuō 書桌：lán sè 藍色

4) gǒu 狗：hēi sè 黑色、bái sè 白色

5) māo 貓：huī sè 灰色

6) qún zi 裙子：zǐ sè 紫色

7) kù zi 褲子：zōng sè 棕色

8) yī guì 衣櫃：chéng sè 橙色

9) diàn nǎo 電腦：lǜ sè 綠色

10) diàn shì 電視：fěn sè 粉色

第五課　喜歡的顏色

A **Find the radical in each character and then write it out.**

zōng
1) 棕 → [　]

fěn
2) 粉 → [　]

lǜ
3) 綠 → [　]

lán
4) 藍 → [　]

hóu
5) 猴 → [　]

hǔ
6) 虎 → [　]

xióng
7) 熊 → [　]

shé
8) 蛇 → [　]

B **Draw the animals and then colour them in.**

① tù zi
兔子

② lǎo hǔ
老虎

③ shé
蛇

④ yú
魚

第五課　喜歡的顏色

A Write the radicals.

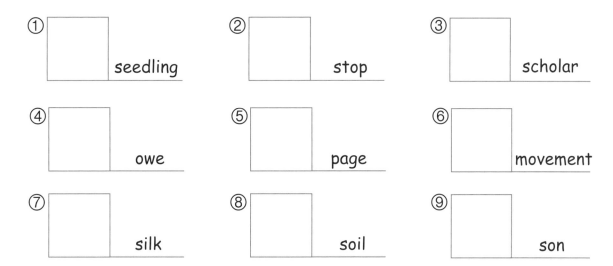

① ☐ seedling

② ☐ stop

③ ☐ scholar

④ ☐ owe

⑤ ☐ page

⑥ ☐ movement

⑦ ☐ silk

⑧ ☐ soil

⑨ ☐ son

B Rearrange the words/phrases to make sentences and then write them out.

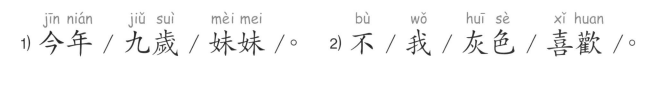

1)　今年 / 九歲 / 妹妹 /。
　　jīn nián　jiǔ suì　mèi mei

2)　不 / 我 / 灰色 / 喜歡 /。
　　bù　wǒ　huī sè　xǐ huan

_____

3)　喜歡 / 粉色 / 姐姐 /。
　　xǐ huan　fěn sè　jiě jie

4)　叫 / 馬小天 / 他 /。
　　jiào　mǎ xiǎo tiān　tā

_____

C Read the words and then colour in the shapes below.

① zōng sè 棕色

② zǐ sè 紫色

③ hēi sè 黑色

④ huī sè 灰色

⑤ huáng sè 黃色

⑥ chéng sè 橙色

⑦ fěn sè 粉色

第五課　喜歡的顏色

A Write the characters.

① ☐ come

② ☐ go

③ ☐ fire

④ ☐ towel

⑤ ☐ leather

⑥ ☐ clothes

⑦ ☐ tongue

⑧ ☐ bean

⑨ ☐ head

⑩ ☐ hand

⑪ ☐ white

⑫ ☐ live

B Circle the words as required.

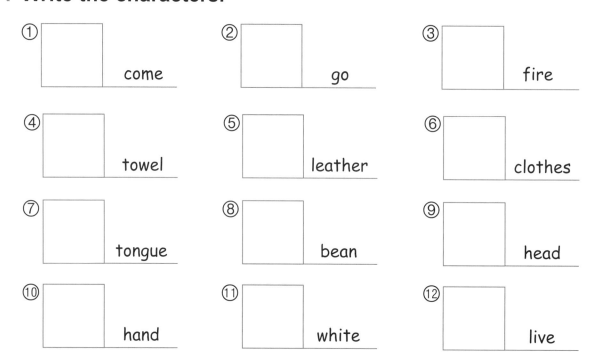

hóu 猴	shī 獅	diàn 電	huà 話	cháng 常
zi 子	chéng 橙	zǐ 紫	zōng 棕	cháng 常
xióng 熊	fěn 粉	sè 色	hào 號	mǎ 碼
māo 貓	lǎo 老	hǔ 虎	dà 大	xiàng 象
shī 師	dòng 動	wù 物	xǐ 喜	huan 歡

1) orange √
2) purple
3) brown
4) pink
5) teacher
6) tiger
7) elephant

8) often
9) lion
10) monkey
11) like
12) animal
13) panda
14) number

第六課　可愛的弟弟

Identify the part of each animal and then colour it in as required.

1) <ruby>魚頭<rt>yú tóu</rt></ruby>：<ruby>紅色<rt>hóng sè</rt></ruby>

2) <ruby>馬腳<rt>mǎ jiǎo</rt></ruby>：<ruby>棕色<rt>zōng sè</rt></ruby>

3) <ruby>兔耳<rt>tù ěr</rt></ruby>：<ruby>粉色<rt>fěn sè</rt></ruby>

4) <ruby>猴臉<rt>hóu liǎn</rt></ruby>：<ruby>橙色<rt>chéng sè</rt></ruby>

5) <ruby>虎牙<rt>hǔ yá</rt></ruby>：<ruby>灰色<rt>huī sè</rt></ruby>

6) <ruby>象鼻<rt>xiàng bí</rt></ruby>：<ruby>紫色<rt>zǐ sè</rt></ruby>

7) <ruby>獅頭<rt>shī tóu</rt></ruby>：<ruby>黃色<rt>huáng sè</rt></ruby>

8) <ruby>蛇頭<rt>shé tóu</rt></ruby>：<ruby>綠色<rt>lǜ sè</rt></ruby>

9) <ruby>熊貓眼<rt>xióng māo yǎn</rt></ruby>：<ruby>黑色<rt>hēi sè</rt></ruby>

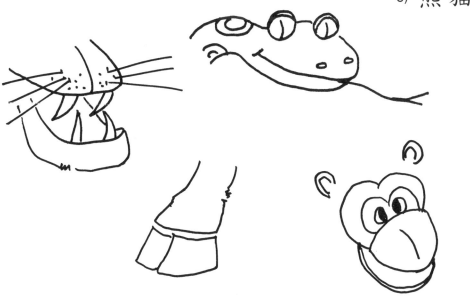

第六課　可愛的弟弟

A Find the radical in each character and then write it out.

chéng
1) 橙 → ☐

shī
2) 獅 → ☐

lù
3) 綠 → ☐

jiǎo
4) 腳 → ☐

duǒ
5) 朵 → ☐

yuán
6) 圓 → ☐

cháng
7) 常 → ☐

lán
8) 藍 → ☐

tù
9) 兔 → ☐

jīn
10) 今 → ☐

xīng
11) 星 → ☐

hēi
12) 黑 → ☐

B Match the picture with the Chinese.

jiǎo
3 腳

ěr duo
☐ 耳朵

zuǐ ba
☐ 嘴巴

shǒu
☐ 手

tóu
☐ 頭

liǎn
☐ 臉

bí zi
☐ 鼻子

yá
☐ 牙

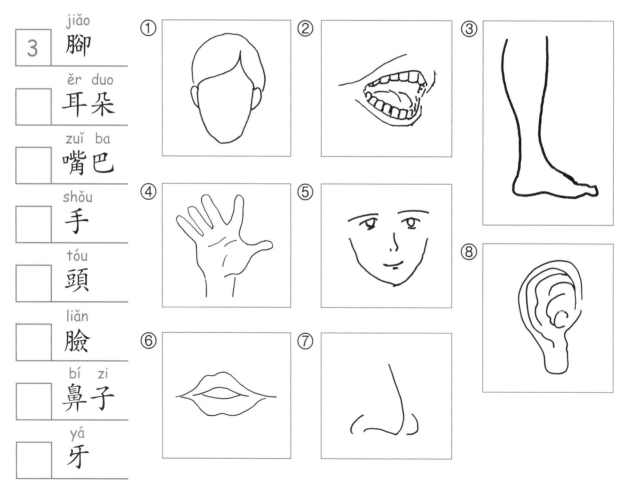

第六課　可愛的弟弟

A Write the characters.

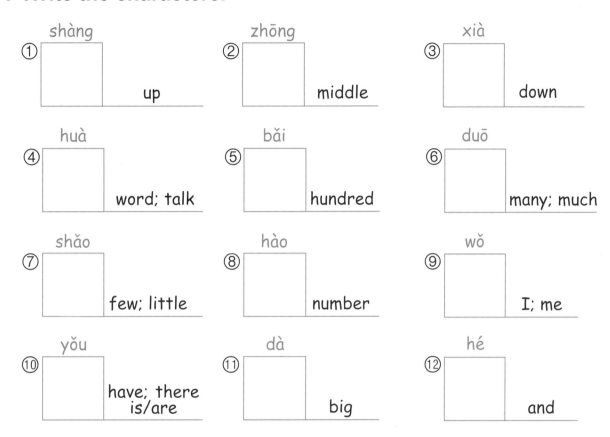

① shàng — up
② zhōng — middle
③ xià — down
④ huà — word; talk
⑤ bǎi — hundred
⑥ duō — many; much
⑦ shǎo — few; little
⑧ hào — number
⑨ wǒ — I; me
⑩ yǒu — have; there is/are
⑪ dà — big
⑫ hé — and

B Match the two parts of a sentence.

1) dì di de liǎn 弟弟的臉　　a) yě hěn kě ài 也很可愛。

2) mèi mei hěn pàng 妹妹很胖，　　b) shí liù suì 十六歲。

3) gē ge jīn nián 哥哥今年　　c) lǎo hǔ xióng māo shī zi děng děng 老虎、熊貓、獅子等等。

4) bà ba xǐ huan 爸爸喜歡　　d) yuán yuán de bái bái de 圓圓的、白白的。

5) dòng wù yuán li yǒu 動物園裏有　　e) zōng sè hé huī sè 棕色和灰色。

第六課 可愛的弟弟

A Find the words in the box to complete the sentences. You can write pinyin if you find writing characters difficult.

fěn sè	hóu zi	yá	tù	liǎn	ěr duo
粉色	猴子	牙	兔	臉	耳朵

dì di yǒu sān kē
1) 弟弟有三顆_____。

jiě jie de　　　yuán yuán de
4) 姐姐的_____圓圓的。

mèi mei xǐ huan
2) 妹妹喜歡_____。

dà xiàng de　　hěn dà
5) 大象的_____很大。

dòng wù yuán li yǒu hěn duō
3) 動物園裏有很多_____。

tā gē ge shí liù suì　　shǔ
6) 他哥哥十六歲，屬_____。

B Add a radical to form a character and then write its meaning.

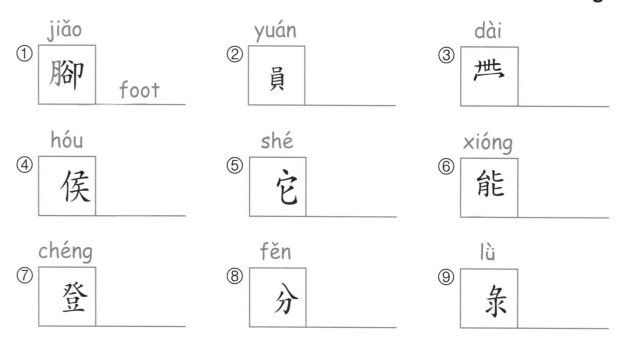

jiǎo
① 腳　foot

yuán
② 員

dài
③ 共

hóu
④ 侯

shé
⑤ 它

xióng
⑥ 能

chéng
⑦ 登

fěn
⑧ 分

lù
⑨ 录

第七課　我上二年級

A **Design two sets of new school uniform, colour them in and then write a few sentences about them. You can write pinyin if you find writing characters difficult.**

nán shēng
男 生

nǚ shēng
女 生

- -

- -

B **Write the numbers in Chinese.**

1) 100 _____　　2) 200 _____　　3) 69 _____

第七課　我上二年級

A Join the parts to make characters and then write their meanings.

1) 頁 | 彥 | 顏 colour
    | 果 |

2) 言 | 吾 |
    | 舌 |

3) 艹 | 監 |
    | 采 |

4) 禾 | 斗 |
    | 口 |

5) 糹 | 及 |
    | 彔 |

6) 米 | 唐 |
    | 分 |

B Circle the words and then write them out with their meanings.

shù 數	kē 科	ěr 耳	zuǐ 嘴
niàn 年	xué 學	duo 朵	ba 巴
jí 級	yīng 英	hàn 漢	kě 可
zǐ 紫	sè 色	yǔ 語	ài 愛

1) 數學 maths

2) _____

3) _____

4) _____

5) _____

6) _____

7) _____

8) _____

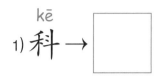

A Find the radical in each character and then write it out.

kē
1) 科 → ☐

shù
2) 數 → ☐

míng
3) 明 → ☐

jí
4) 級 → ☐

yīng
5) 英 → ☐

yuán
6) 圓 → ☐

kē
7) 顆 → ☐

liǎn
8) 臉 → ☐

fěn
9) 粉 → ☐

chéng
10) 橙 → ☐

děng
11) 等 → ☐

shé
12) 蛇 → ☐

B Find the characters in the box to make words.

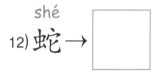

kě	jí	yǔ	qī	xué	zōng	māo	ěr	liǎn
可	級	語	期	學	棕	貓	耳	臉

yīng
1) 英 ☐

shù
2) 數 ☐

nián
3) 年 ☐

yuán
4) 圓 ☐

xīng
5) 星 ☐

6) ☐ 朵 duo

7) ☐ 色 sè

xióng
8) 熊 ☐

9) ☐ 愛 ài

第七課 我上二年級

A Complete the sentences with the words in the box. You can write pinyin if you find writing characters difficult.

xǐ huan	shàng xué	yǎn jing	tóu fa	kě ài	nián jí
喜歡	上學	眼睛	頭髮	可愛	年級

1)
wǒ gē ge shàng jiǔ
我哥哥上九＿＿＿＿。

2)
wǒ bù　　　　 xué shù xué
我不＿＿＿＿學數學。

3)
jiě jie de　　　 cháng cháng de
姐姐的＿＿＿＿長長的。

4)
wǒ mèi mei de　　　 bú dà
我妹妹的＿＿＿＿不大。

5)
tā dì di hěn
他弟弟很＿＿＿＿。

6)
tā zài guāng míng xiǎo xué
她在光明小學＿＿＿＿。

B Answer the questions in Chinese, otherwise use pinyin.

1)
nǐ jiā zhù zài nǎr
你家住在哪兒?

2)
nǐ zài nǎr chū shēng
你在哪兒出生?

3)
nǐ xǐ huan shén me dòng wù
你喜歡什麼動物?

4)
nǐ yǒu jǐ ge dì di
你有幾個弟弟?

C Write the radicals.

① ＿＿ wood

② ＿＿ white

③ ＿＿ cave

④ ＿＿ clothes

⑤ ＿＿ field

⑥ ＿＿ sickness

⑦ ＿＿ eye

⑧ ＿＿ ear

第八課　我的同學

A Design a flag for your school using some of the colours in the box below to colour it in.

B Write the radicals.

① animal

② mother

③ feeling

④ rain

⑤ rice

⑥ metal

⑦ bamboo

⑧ ustensil

⑨ insect

⑩ corpse

⑪ door

⑫ household

第八課　我的同學

A **Write the pinyin for the words.**

1) 今 年　　2) 中 國　　3) 學 生

4) 同 學　　5) 年 級　　6) 英 語

B **Circle the words and then write them out with their meanings.**

shù 數	shàng 上	chū 出	rì 日
kē 科	xué 學	shēng 生	běn 本
zhōng 中	yīng 英	hàn 漢	nián 年
měi 美	guó 國	yǔ 語	jí 級

1) 上學 go to school　　6) _____

2) _____　　7) _____

3) _____　　8) _____

4) _____　　9) _____

5) _____　　10) _____

C **Write the dates in Chinese.**

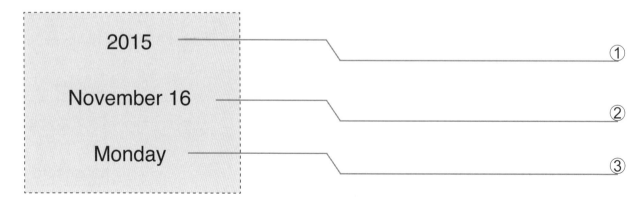

2015 ——————— ①

November 16 ——————— ②

Monday ——————— ③

第八課　我的同學

A Find the radical in each character and then write it out.

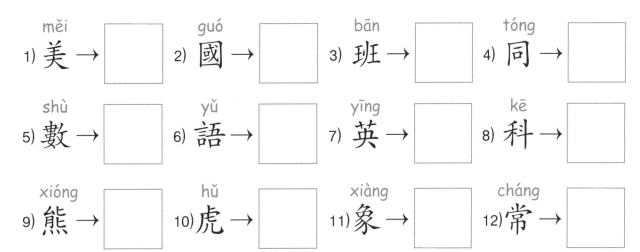

1) měi 美 → ☐
2) guó 國 → ☐
3) bān 班 → ☐
4) tóng 同 → ☐

5) shù 數 → ☐
6) yǔ 語 → ☐
7) yīng 英 → ☐
8) kē 科 → ☐

9) xióng 熊 → ☐
10) hǔ 虎 → ☐
11) xiàng 象 → ☐
12) cháng 常 → ☐

B Rearrange the words/phrases to make sentences. Number the words.

1) yǒu / shí ge xué shēng / wǒ men bān /
有 / 十個學生 / 我們班 / 。

2) bù / chéng sè / wǒ / xǐ huan /
不 / 橙色 / 我 / 喜歡 / 。

3) jīn nián / tā / sān nián jí / shàng /
今年 / 她 / 三年級 / 上 / 。

4) shì / tā men / xiǎo xué shēng / dōu /
是 / 他們 / 小學生 / 都 / 。

5) dòng wù yuán / qù / cháng cháng / mèi mei /
動物園 / 去 / 常常 / 妹妹 / 。

C Fill in the blanks with characters and then write the meanings of the words.

1) tóng ☐ 學 _____

2) jīn ☐ 年 _____

3) hóng ☐ 色 _____

4) chū ☐ 生 _____

第八課　我的同學

A Find the common part and then write it out.

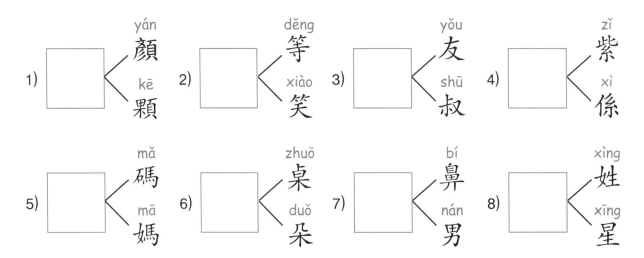

1) ☐ < 顔 yán / 顆 kē

2) ☐ < 等 děng / 笑 xiào

3) ☐ < 友 yǒu / 叔 shū

4) ☐ < 紫 zǐ / 係 xì

5) ☐ < 碼 mǎ / 媽 mā

6) ☐ < 桌 zhuō / 朵 duǒ

7) ☐ < 鼻 bí / 男 nán

8) ☐ < 姓 xìng / 星 xīng

B Match every two parts of a conversation.

☐ 1) nǐ men bān yǒu duō shao ge xué shēng
你們班有多少個學生？

a) guāng míng xiǎo xué
光明小學。

☐ 2) nǐ zài nǎ ge xué xiào shàng xué
你在哪個學校上學？

b) bù cháng qù
不常去。

☐ 3) nǐ xǐ huan xué yīng yǔ ma
你喜歡學英語嗎？

c) shí èr ge
十二個。

☐ 4) nǐ cháng cháng qù dòng wù yuán ma
你常常去動物園嗎？

d) gǒu
狗。

☐ 5) nǐ xǐ huan shén me dòng wù
你喜歡什麼動物？

e) huā yuán lù bā hào
花園路八號。

☐ 6) nǐ jiā zhù zài nǎr
你家住在哪兒？

f) bù xǐ huan
不喜歡。

第九課　我會説漢語

A **Draw the national flag of China and then colour it in. Write "China" in characters on the left.**

_____

B **Draw the national flag of your country and then colour it in. Write your country name in Chinese, otherwise use pinyin.**

_____

C **Circle the language words.**

yīng yǔ 英語	shī zi 獅子	fǎ yǔ 法語	rì yǔ 日語	shuǐ guǒ 水果	hàn yǔ 漢語	shù xué 數學

第九課　我會說漢語

A **Find the words in the box to complete the sentences. You can write pinyin if you find writing characters difficult.**

zhōngguó 中國
xué xiào 學校
hàn yǔ 漢語
xiào fú 校服
nán shēng 男生

1) dì di zài
弟弟在＿＿＿＿＿ bù xué fǎ yǔ
不學法語。

2) bà ba huì shuō yīng yǔ hé
爸爸會説英語和＿＿＿＿＿。

3) wǒ měi tiān dōu chuān
我每天都穿＿＿＿＿＿ shàng xué
上學。

4) wǒ men xué xiào
我們學校＿＿＿＿＿ duō
多， nǚ shēng shǎo
女生少。

5) gē ge hěn xiǎng qù
哥哥很想去＿＿＿＿＿。

B **Write the characters.**

① jǐng　　☐　well
② shuǐ　　☐　water
③ duō　　☐　many; much
④ shǎo　　☐　few; little

⑤ dà　　☐　big
⑥ xiǎo　　☐　small
⑦ lái　　☐　come
⑧ qù　　☐　go

C **Fill in the blanks with characters to complete the sentences.**

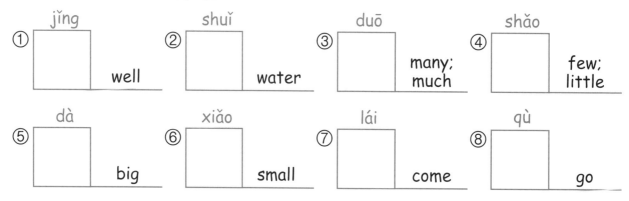

1) hán guó rén　韓國人 ☐ hán yǔ　韓語。

2) zhōng guó rén shuō　中國人説 ☐ yǔ　語。

3) měi guó rén shuō yīng　美國人説英 ☐ 。

4) nǐ huì shuō shén me yǔ　你會説什麼語 ☐ ？

第九課　我會説漢語

A Find the characters in the box to make words.

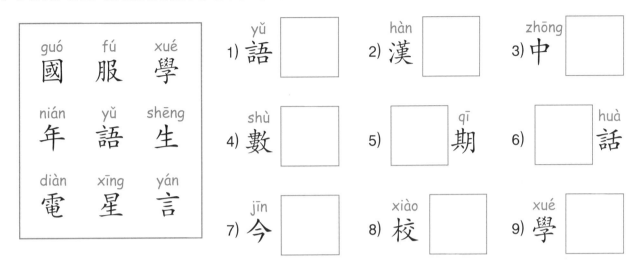

guó 國	fú 服	xué 學
nián 年	yǔ 語	shēng 生
diàn 電	xīng 星	yán 言

1) yǔ 語 ☐

2) hàn 漢 ☐

3) zhōng 中 ☐

4) shù 數 ☐

5) ☐ qī 期

6) ☐ huà 話

7) jīn 今 ☐

8) xiào 校 ☐

9) xué 學 ☐

B Write the telephone numbers in Chinese.

1) Your home telephone number:

_____

2) Your mother's mobile phone number:

_____

C Answer the questions in Chinese, otherwise use pinyin.

1) nǐ jiào shén me míng zi
你叫什麼名字？

2) nǐ jiā yǒu jǐ kǒu rén
你家有幾口人？

_____

3) nǐ shì nǎ guó rén
你是哪國人？

4) nǐ huì shuō shén me yǔ yán
你會説什麼語言？

_____

第九課　我會説漢語

A Write the radicals.

① _____ jade

② _____ sheep

③ _____ writing

④ _____ cliff

⑤ _____ shelter

⑥ _____ ritual

⑦ _____ foot

⑧ _____ stone

⑨ _____ claw

⑩ _____ tiger

⑪ _____ small

⑫ _____ soil

B Circle the words and then write them out with their meanings.

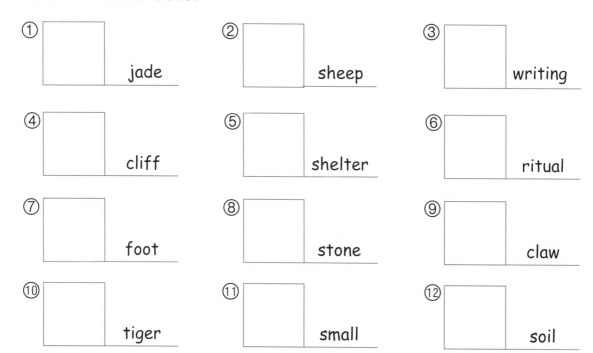

zhōng 中	shù 數	xué 學	shēng 生
yīng 英	guó 國	rì 日	xiào 校
hàn 漢	yǔ 語	jīn 今	fú 服
yán 言	tiān 天	nián 年	jí 級

1) 中國 China

2) _____

3) _____

4) _____

5) _____

6) _____

7) _____

8) _____

9) _____

10) _____

第十課 我的學校

Complete the drawing of a new school and then colour it in.

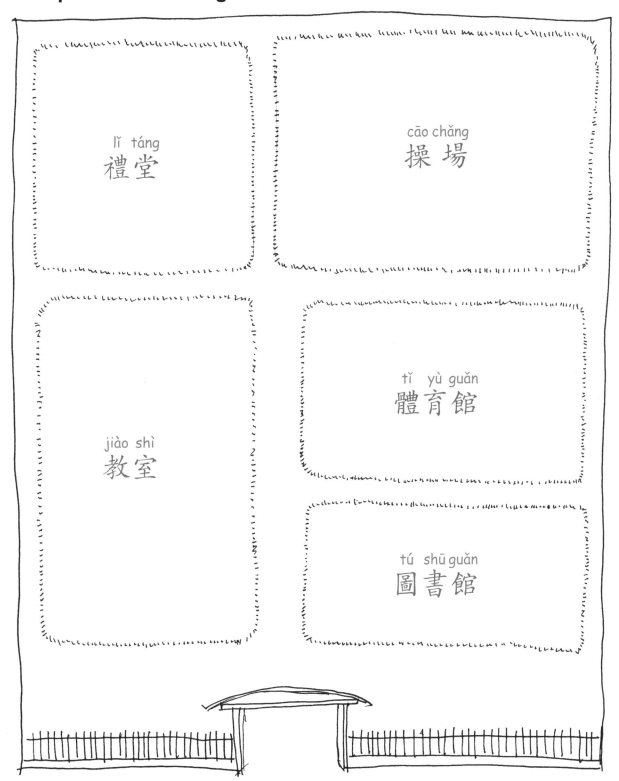

第十課　我的學校

A Find the radical in each character and then write it out with its meaning.

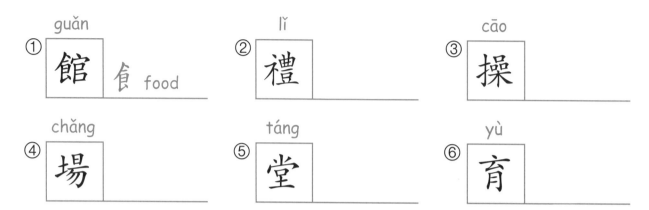

① guǎn 館　食 food

② lǐ 禮

③ cāo 操

④ chǎng 場

⑤ táng 堂

⑥ yù 育

B Rearrange the words/phrases to make sentences and then write them out.

1) tǐ yù guǎn　wǒ men　méi yǒu　xué xiào
體育館 / 我們 / 沒有 / 學校 / 。

→ _____

2) zài　wǒ de jiào shì　sān líng sì shì
在 / 我的教室 / 三〇四室 / 。

→ _____

C Write one character for each radical.

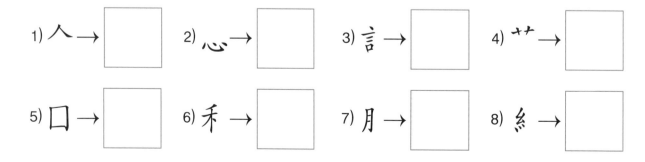

1) 人 → ☐　2) 心 → ☐　3) 言 → ☐　4) ⺿ → ☐

5) 口 → ☐　6) 禾 → ☐　7) 月 → ☐　8) 糸 → ☐

第十課　我的學校

A Write the radicals.

① [　　] hand

② [　　] food

③ [　　] tiger

④ [　　] writing

⑤ [　　] sheep

⑥ [　　] towel

B Circle the words and then write them out with their meanings.

lǐ 禮	tú 圖	cāo 操	tǐ 體
táng 堂	chǎng 場	shū 書	yù 育
jiào 教	xué 學	xiào 校	guǎn 館
shì 室	chū 出	shēng 生	fú 服

1) 禮堂　assembly hall

2) _____

3) _____

4) _____

5) _____

6) _____

7) _____

8) _____

C Fill in the blanks with characters and then write the meanings of the words.

1) hàn [　] 語 _____

2) tóng [　] 學 _____

3) shēng [　] 日 _____

4) nián [　] 級 _____

5) diàn [　] 話 _____

6) mā [　] 媽 _____

第十課　我的學校

A Find the characters in the box to make words.

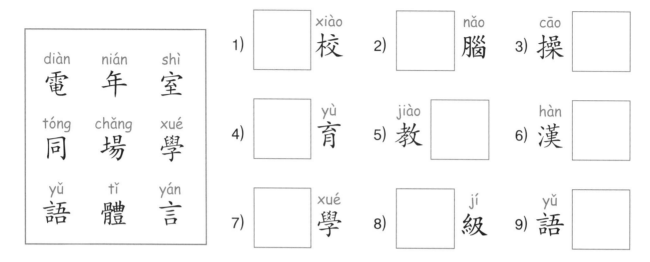

diàn 電	nián 年	shì 室
tóng 同	chǎng 場	xué 學
yǔ 語	tǐ 體	yán 言

1) ☐ xiào 校

2) ☐ nǎo 腦

3) cāo 操 ☐

4) ☐ yù 育

5) jiào 教 ☐

6) hàn 漢 ☐

7) ☐ xué 學

8) ☐ jí 級

9) yǔ 語 ☐

B Join the parts to make characters and then write their meanings.

1) 礻 豊 / 見 — 禮 ceremony

2) 月 僉 / 卻

3) 言 兌 / 吾

4) 攵 婁 / 孝

C Circle the names of different school subjects.

| hàn yǔ 漢語 | shù xué 數學 | xué shēng 學生 | yīng yǔ 英語 | lǎo shī 老師 |
| kē xué 科學 | tóng xué 同學 | fǎ yǔ 法語 | cāo chǎng 操場 | xué xiào 學校 |

第十一課　請進

A Dismantle each character and then write the meaning of each part.

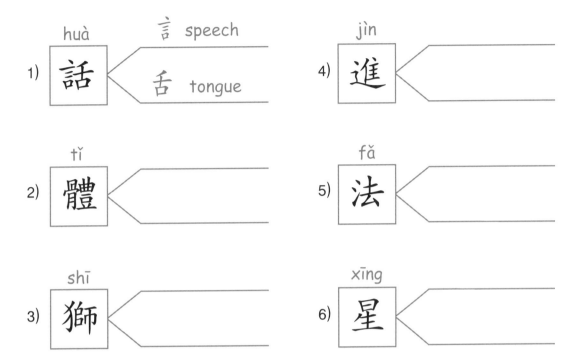

1) huà 話　言 speech　舌 tongue

4) jìn 進

2) tǐ 體

5) fǎ 法

3) shī 獅

6) xīng 星

B Circle the phrases as required.

bié 別	shuō 說	huà 話	nǐ 你	zǎo 早
chū 出	chī 吃	qǐng 請	zuò 坐	hǎo 好
qù 去	jìn 進	gēn 跟	méi 沒	duì 對
xiè 謝	zài 再	wǒ 我	guān 關	bu 不
xie 謝	jiàn 見	dú 讀	xi 係	qǐ 起

1) Thanks. √
2) Don't eat !
3) It doesn't matter.
4) Please sit down !
5) I am sorry.
6) Please come in !
7) Goodbye !
8) Good morning !
9) Hello !
10) Please read after me.
11) Don't talk !
12) Don't go out.

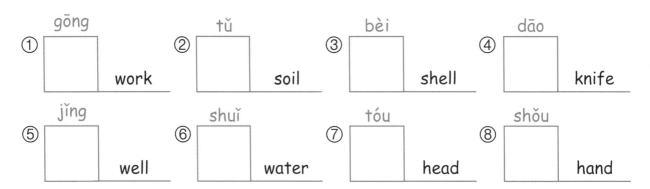

第十一課　請進

A Write the characters.

① gōng ☐ work
② tǔ ☐ soil
③ bèi ☐ shell
④ dāo ☐ knife
⑤ jǐng ☐ well
⑥ shuǐ ☐ water
⑦ tóu ☐ head
⑧ shǒu ☐ hand

B Fill in the blanks with characters and then write the meanings of the words.

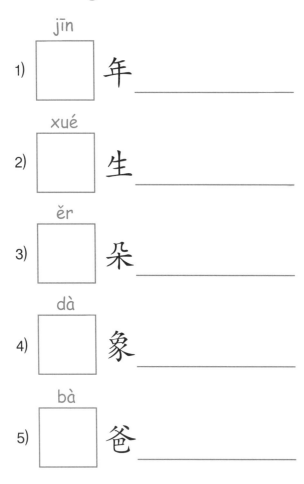

1) jīn ☐ 年 _____
2) xué ☐ 生 _____
3) ěr ☐ 朵 _____
4) dà ☐ 象 _____
5) bà ☐ 爸 _____

C Circle the right character to complete the word/phrase.

shuō
1) 説 (話 讀)

zuò
2) 坐 (上 下)

qǐng
3) 請 (還 進)

wǒ dú
4) (很 跟) 我讀

zhàn qi
5) 站起 (木 來)

yù guǎn
8) (體 本) 育館

táng
9) (衫 禮) 堂

chī
10) (刻 別) 吃

第十一課　請進

A Write the radicals.

① ☐ long knife

② ☐ stand

③ ☐ walk

④ ☐ speech

⑤ ☐ border

⑥ ☐ sunset

⑦ ☐ seedling

⑧ ☐ stop

⑨ ☐ roof with chimney

B Highlight the words as required.

shuō huà 説話	tú shū guǎn 圖書館	yīng yǔ 英語
lǎo hǔ 老虎	hàn yǔ 漢語	jìn 進
cāo chǎng 操場	tǐ yù guǎn 體育館	dú 讀
hóu zi 猴子	zhàn 站	lǐ táng 禮堂
shī zi 獅子	dà xiàng 大象	fǎ yǔ 法語

1) Actions: ^{hóng sè}紅色　　2) Languages: ^{lán sè}藍色

3) School facilities: ^{huáng sè}黃色　　4) Animals: ^{zǐ sè}紫色

C Rearrange the words/phrases to make sentences and then write them out.

xià　qǐng　zuò
1) 下／請／坐／！

zhàn　lai　qi
2) 站／來／起／！

jǔ　qǐng　shǒu
3) 舉／請／手／！

shuō　bié　huà
4) 説／別／話／！

wǒ　dú　gēn
5) 我／讀／跟／。

第十一課　請進

Read the passage, draw the school and then colour it in.

zhè shì wǒ de xué xiào
這是我的學校。我的學校有操場、大禮堂、體

yù guǎn tú shū guǎn děng děng　wǒ de jiào shì zài yī lóu　yī líng wǔ shì
育館、圖書館等等。我的教室在一樓，一〇五室。

wǒ xǐ huan wǒ de xué xiào
我喜歡我的學校。

第十二課　現在幾點

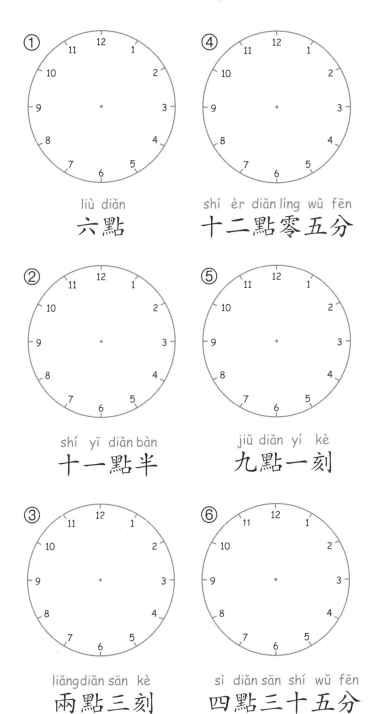

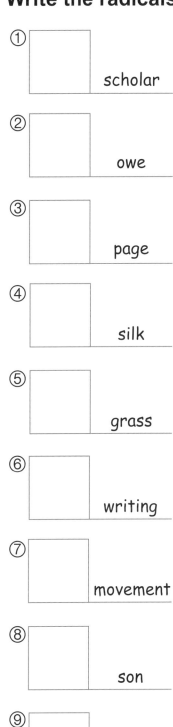

A Design the clock faces below and then draw short and long hands on the clocks as required.

liù diǎn
六點

shí èr diǎn líng wǔ fēn
十二點零五分

shí yī diǎn bàn
十一點半

jiǔ diǎn yí kè
九點一刻

liǎng diǎn sān kè
兩點三刻

sì diǎn sān shí wǔ fēn
四點三十五分

B Write the radicals.

① scholar
② owe
③ page
④ silk
⑤ grass
⑥ writing
⑦ movement
⑧ son
⑨ wood

第十二課　現在幾點

A Dismantle the characters.

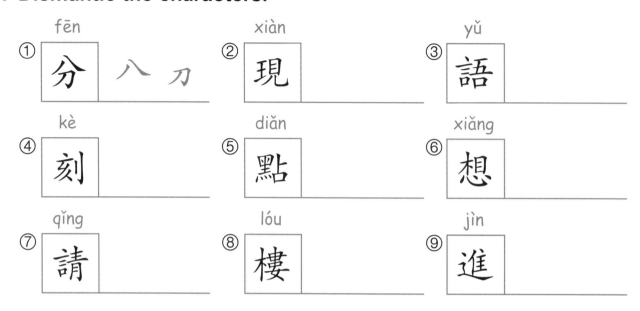

fēn
① 分　八　刀

xiàn
② 現

yǔ
③ 語

kè
④ 刻

diǎn
⑤ 點

xiǎng
⑥ 想

qǐng
⑦ 請

lóu
⑧ 樓

jìn
⑨ 進

B Read and match.

xiàn zài jǐ diǎn
1) 現在幾點？

nǐ de jiào shì zài jǐ lóu
2) 你的教室在幾樓？

nǐ huì shuō shén me yǔ yán
3) 你會說什麼語言？

nǐ shì nǎ guó rén
4) 你是哪國人？

nǐ men bān yǒu jǐ ge xué shēng
5) 你們班有幾個學生？

nǐ jīn nián shàng jǐ nián jí
6) 你今年上幾年級？

nǐ yǒu jǐ ge gē ge
7) 你有幾個哥哥？

rì yǔ　yīng yǔ hé hàn yǔ
a) 日語、英語和漢語。

jiǔ ge
b) 九個。

wǒ yǒu liǎng ge gē ge
c) 我有兩個哥哥。

zài sān lóu　sān líng èr shì
d) 在三樓，三〇二室。

sì nián jí
e) 四年級。

xiàn zài shí yī diǎn sān kè
f) 現在十一點三刻。

měi guó rén
g) 美國人。

第十二課　現在幾點

A Find the common part and then write it out.

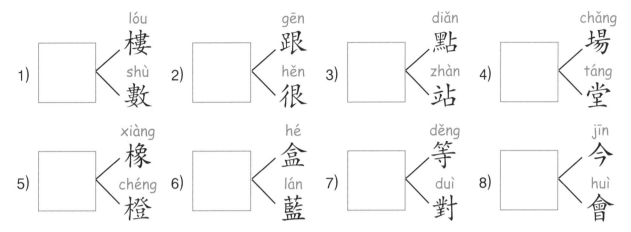

1) ⬚ < 樓 lóu / 數 shù

2) ⬚ < 跟 gēn / 很 hěn

3) ⬚ < 點 diǎn / 站 zhàn

4) ⬚ < 場 chǎng / 堂 táng

5) ⬚ < 橡 xiàng / 橙 chéng

6) ⬚ < 盒 hé / 藍 lán

7) ⬚ < 等 děng / 對 duì

8) ⬚ < 今 jīn / 會 huì

B Match the picture with the character.

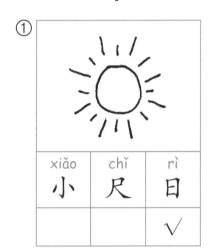

①
xiǎo	chǐ	rì
小	尺	日
		✓

②
tiān	huǒ	dà
天	火	大

③
gǒu	hǔ	māo
狗	虎	貓

④
jiǎo	shǒu	tóu
腳	手	頭

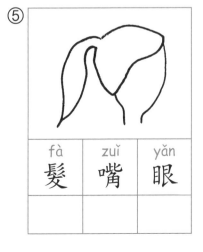

⑤
fà	zuǐ	yǎn
髮	嘴	眼

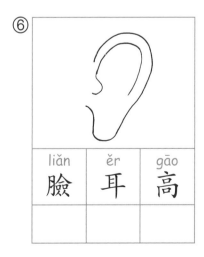

⑥
liǎn	ěr	gāo
臉	耳	高

第十二課　現在幾點

A Read the sentences and then circle the wrong words.

1) 現在七(站)。
xiàn zài qī diǎn

2) 請從下。
qǐng zuò xià

3) 請跟我話。
qǐng gēn wǒ dú

4) 刻進來！
bié jìn lai

5) 站起本！
zhàn qi lai

6) 這是我的字校。
zhè shì wǒ de xué xiào

7) 我今説漢語。
wǒ huì shuō hàn yǔ

8) 他是小學王。
tā shì xiǎo xué shēng

9) 我有很多明友。
wǒ yǒu hěn duō péng you

10) 媽媽的鼓髮長長的。
mā ma de tóu fa cháng cháng de

B Fill in the blanks with the characters in the box, otherwise use pinyin.

家	人	學	住	年	半	有	在	大	去
jiā	rén	xué	zhù	nián	bàn	yǒu	zài	dà	qù

1) 現在八點＿＿＿＿。
xiàn zài bā diǎn

2) 我愛我的＿＿＿＿。
wǒ ài wǒ de

3) 她家有四口＿＿＿＿。
tā jiā yǒu sì kǒu

4) 我常常＿＿＿＿公園。
wǒ cháng cháng gōng yuán

5) 弟弟的耳朵很＿＿＿＿。
dì di de ěr duo hěn

6) 姐姐想＿＿＿＿法語。
jiě jie xiǎng fǎ yǔ

7) 哥哥＿＿＿＿中國出生。
gē ge zhōng guó chū shēng

8) 今＿＿＿＿是二〇一五年。
jīn shì èr líng yī wǔ nián

9) 小妹妹＿＿＿＿兩顆牙。
xiǎo mèi mei liǎng kē yá

10) 我家＿＿＿＿在花園路十號。
wǒ jiā zài huā yuán lù shí hào

第十三課　我八點上學

A Draw a few things in each room.

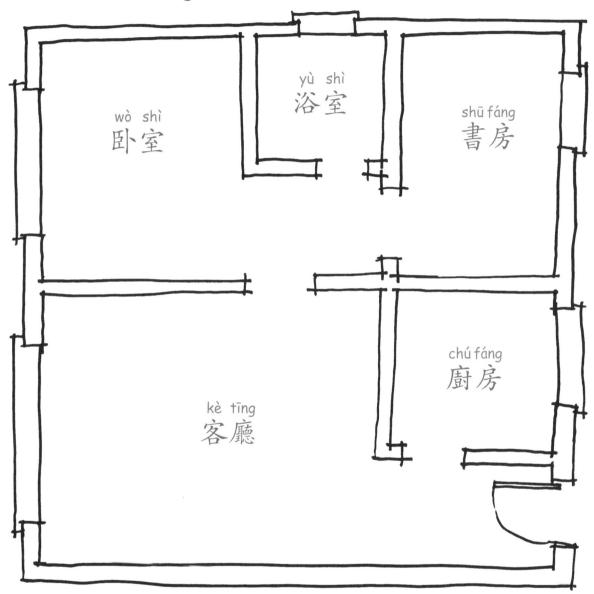

yù shì
浴室

wò shì
卧室

shū fáng
書房

chú fáng
廚房

kè tīng
客廳

B Write the telephone numbers in Chinese.

nǐ jiā de diàn huà hào mǎ
1) 你家的電話號碼：_____

nǐ nǎi nai jiā de diàn huà hào mǎ
2) 你奶奶家的電話號碼：_____

第十三課 我八點上學

A **Fill in the time and put short and long hands on the clock.**

wǒ bà ba yì bān   qǐ chuáng
1) 我爸爸一般＿＿＿起牀。

wǒ bà ba yì bān   shuì jiào
2) 我爸爸一般＿＿＿睡覺。

wǒ mā ma yì bān   qǐ chuáng
3) 我媽媽一般＿＿＿起牀。

wǒ yì bān   shuì jiào
4) 我一般＿＿＿睡覺。

B **Choose the right character and then write the meaning of each word.**

zǎo	chuáng	jiào	huà	jiā	bīng
澡	牀	覺	話	家	冰

qǐ
1) 起 [牀] get out of bed

shuì
4) 睡 ▢

shuō
2) 説 ▢

huá
5) 滑 ▢

xǐ
3) 洗 ▢

huí
6) 回 ▢

第十三課　我八點上學

A Circle the words and then write them out with their meanings.

zǎo 早	wǎn 晚	xǐ 洗	fàng 放
wǔ 午	fàn 飯	zǎo 澡	xué 學
qǐ 起	chuáng 牀	xiào 校	fú 服
huí 回	jiā 家	shuì 睡	jiào 覺

1) 早飯 breakfast

2) _____

3) _____

4) _____

5) _____

6) _____

7) _____

8) _____

9) _____

10) _____

B Find the common part and then write it out.

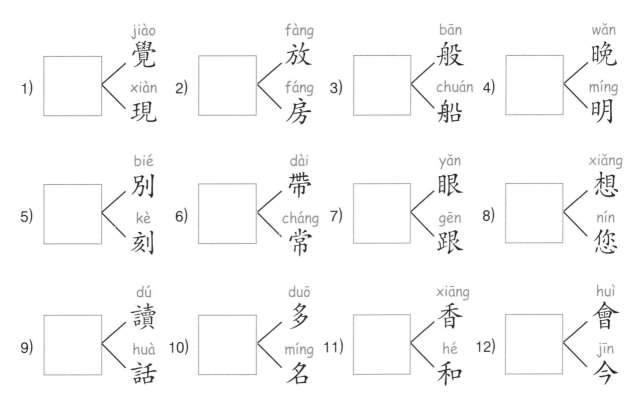

1) 〔 jiào 覺 / xiàn 現

2) 〔 fàng 放 / fáng 房

3) 〔 bān 般 / chuán 船

4) 〔 wǎn 晚 / míng 明

5) 〔 bié 別 / kè 刻

6) 〔 dài 帶 / cháng 常

7) 〔 yǎn 眼 / gēn 跟

8) 〔 xiǎng 想 / nín 您

9) 〔 dú 讀 / huà 話

10) 〔 duō 多 / míng 名

11) 〔 xiāng 香 / hé 和

12) 〔 huì 會 / jīn 今

第十三課 我八點上學

Read the passage, draw a picture and then colour it in.

zhè shì wǒ de fáng jiān　　wǒ de fáng jiān li yǒu chuáng　　yī guì　　shū
這是我的房間。我的房間裏有牀、衣櫃、書

guì　　shū zhuō hé yǐ zi　　wǒ de fáng jiān li méi yǒu diàn shì　　wǒ de diàn nǎo
櫃、書桌和椅子。我的房間裏沒有電視。我的電腦

zài shū zhuō shang
在書桌上。

第十四課　早飯吃麵包

Identify the items from the pictures below and then colour them in as required.

píng guǒ　　hóng sè
1) 蘋果：紅色

xiāng jiāo　　huáng sè
2) 香蕉：黃色

huáng guā　　lù sè
3) 黃瓜：綠色

miàn bāo　　zōng sè
4) 麵包：棕色

rè gǒu　　hóng sè
5) 熱狗：紅色

jī dàn　　fěn sè
6) 雞蛋：粉色

niú nǎi　　bái sè
7) 牛奶：白色

mǐ fàn　　huī sè
8) 米飯：灰色

chǎo cài　　lù sè
9) 炒菜：綠色

táng guǒ　　lán sè
10) 糖果：藍色

jī tāng　　huáng sè
11) 雞湯：黃色

guǒ zhī　　chéng sè
12) 果汁：橙色

kě lè　　zōng sè
13) 可樂：棕色

sān míng zhì　　huáng sè
14) 三明治：黃色

hàn bǎo bāo　　zǐ sè
15) 漢堡包：紫色

hú luó bo　　chéng sè
16) 胡蘿蔔：橙色

第十四課　早飯吃麵包

A Write the name of the food in Chinese, otherwise use pinyin.

① 雞蛋

B Write the characters.

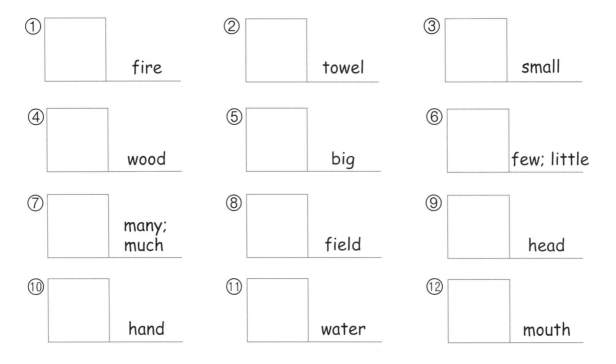

① fire

② towel

③ small

④ wood

⑤ big

⑥ few; little

⑦ many; much

⑧ field

⑨ head

⑩ hand

⑪ water

⑫ mouth

第十四課　早飯吃麵包

A **Rearrange the words/phrases to make sentences and then write them out.**

1)
<ruby>吃<rt>chī</rt></ruby> / <ruby>早飯<rt>zǎo fàn</rt></ruby> / <ruby>我<rt>wǒ</rt></ruby> / <ruby>麵包<rt>miàn bāo</rt></ruby> / <ruby>一般<rt>yì bān</rt></ruby> /。

→ _____

2)
<ruby>喜歡<rt>xǐ huan</rt></ruby> / <ruby>弟弟<rt>dì di</rt></ruby> / <ruby>牛奶<rt>niú nǎi</rt></ruby> / <ruby>不<rt>bù</rt></ruby> / <ruby>喝<rt>hē</rt></ruby> /。

→ _____

3)
<ruby>七點<rt>qī diǎn</rt></ruby> / <ruby>我<rt>wǒ</rt></ruby> / <ruby>起牀<rt>qǐ chuáng</rt></ruby> / <ruby>每天<rt>měi tiān</rt></ruby> / <ruby>都<rt>dōu</rt></ruby> /。

→ _____

4)
<ruby>一般<rt>yì bān</rt></ruby> / <ruby>我<rt>wǒ</rt></ruby> / <ruby>吃<rt>chī</rt></ruby> / <ruby>十二點<rt>shí èr diǎn</rt></ruby> / <ruby>午飯<rt>wǔ fàn</rt></ruby> /。

→ _____

B **Write the meaning of each word.**

1) <ruby>三<rt>sān</rt></ruby> <ruby>明<rt>míng</rt></ruby> <ruby>治<rt>zhì</rt></ruby>
2) <ruby>米<rt>mǐ</rt></ruby> <ruby>飯<rt>fàn</rt></ruby>
3) <ruby>漢<rt>hàn</rt></ruby> <ruby>堡<rt>bǎo</rt></ruby> <ruby>包<rt>bāo</rt></ruby>

4) <ruby>雞<rt>jī</rt></ruby> <ruby>蛋<rt>dàn</rt></ruby>
5) <ruby>炒<rt>chǎo</rt></ruby> <ruby>麵<rt>miàn</rt></ruby>
6) <ruby>熱<rt>rè</rt></ruby> <ruby>狗<rt>gǒu</rt></ruby>
7) <ruby>可<rt>kě</rt></ruby> <ruby>樂<rt>lè</rt></ruby>

第十四課　早飯吃麵包

A Write the radicals.

① ☐ bird

② ☐ fire

③ ☐ boat

④ ☐ square

⑤ ☐ cave

⑥ ☐ clothes

B Read the sentences, circle the wrong characters.

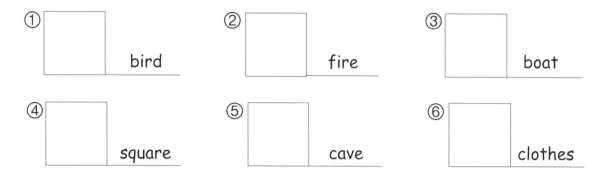

wǒ zǎo fàn yì bān chī miàn bāo hé jī dàn
1) 我日飯一船吃回包和雞蟲。

dì di hěn xǐ huan hē kě lè   chī sān míng zhì hé rè gǒu
2) 弟弟跟喜歡喝可樂，吃三朋治和熱狗。

wǒ men jiā wǎn fàn cháng cháng chī mǐ fàn hé chǎo cài
3) 我門家兔飯常 常吃本飯和炒茶。

nǎi nai bú ài hē guǒ zhī   tā xǐ huan hē niú nǎi
4) 奶奶不受喝果汁，她喜歡喝午奶。

C Find the common part and then write it out.

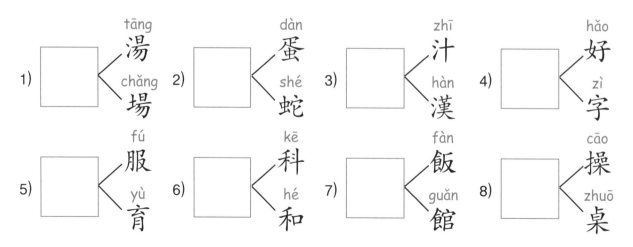

1) ☐ < tāng 湯 / chǎng 場

2) ☐ < dàn 蛋 / shé 蛇

3) ☐ < zhī 汁 / hàn 漢

4) ☐ < hǎo 好 / zì 字

5) ☐ < fú 服 / yù 育

6) ☐ < kē 科 / hé 和

7) ☐ < fàn 飯 / guǎn 館

8) ☐ < cāo 操 / zhuō 桌

第十五課 我騎車上學

A Write the radicals.

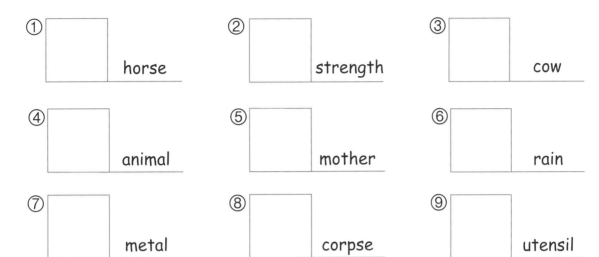

① □ horse
② □ strength
③ □ cow
④ □ animal
⑤ □ mother
⑥ □ rain
⑦ □ metal
⑧ □ corpse
⑨ □ utensil

B Write the meaning of each word.

dì tiě
1) 地鐵 _____

shàng bān
2) 上班 _____

xǐ zǎo
3) 洗澡 _____

lǐ táng
4) 禮堂 _____

miàn bāo
5) 麵包 _____

zì xíng chē
6) 自行車 _____

shuì jiào
7) 睡覺 _____

cāo chǎng
8) 操場 _____

xiào chē
9) 校車 _____

C Highlight the words as required.

mǐ fàn	qī diǎn	lǐ táng	dì tiě	niú nǎi	cāo chǎng	rè gǒu
米飯	七點	禮堂	地鐵	牛奶	操場	熱狗
huǒ chē	chī fàn	chǎo miàn	diàn chē	xiào chē	sān kè	jiào shì
火車	吃飯	炒麵	電車	校車	三刻	教室

hóng sè
1) Food: 紅色

huáng sè
2) Means of transport: 黃色

lán sè
3) School facilities: 藍色

chéng sè
4) Time: 橙色

zǐ sè
5) Daily routine: 紫色

第十五課　我騎車上學

A Find the common radical and then write it out.

1) [ ] < fǎ 法 / tāng 湯

2) [ ] < zuò 坐 / bǎo 堡

3) [ ] < chuán 船 / bān 般

4) [ ] < zěn 怎 / xiǎng 想

5) [ ] < ne 呢 / ma 嗎

6) [ ] < tiě 鐵 / qiān 鉛

7) [ ] < chǎng 場 / dì 地

8) [ ] < xíng 行 / hěn 很

B Write the name of each means of transport in Chinese, otherwise use pinyin.

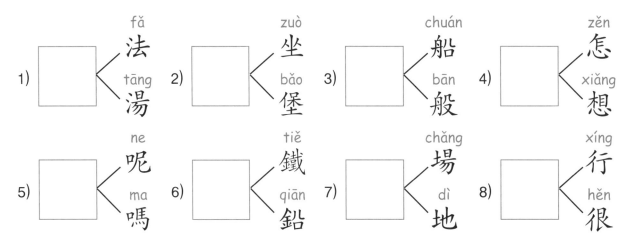

① _____

② _____

③ _____

④ _____

C Fill in the blanks with characters and then write the meanings of the words.

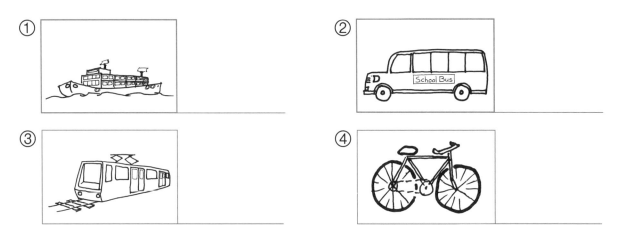

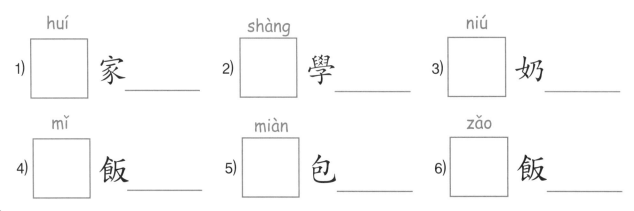

1) huí [ ] 家 _____

2) shàng [ ] 學 _____

3) niú [ ] 奶 _____

4) mǐ [ ] 飯 _____

5) miàn [ ] 包 _____

6) zǎo [ ] 飯 _____

第十五課　我騎車上學

Identify the items from the pictures below and then colour them in as required.

1) 校車：黃色
xiào chē　huáng sè

2) 船：綠色
chuán　lǜ sè

3) 地鐵：黑色
dì tiě　hēi sè

4) 自行車：紫色
zì xíng chē　zǐ sè

5) 牀：粉色
chuáng　fěn sè

6) 衣櫃：白色
yī guì　bái sè

7) 書桌：棕色
shū zhuō　zōng sè

8) 椅子：紅色
yǐ zi　hóng sè

9) 電視：灰色
diàn shì　huī sè

10) 電腦：橙色
diàn nǎo　chéng sè

第十五課　我騎車上學

A Highlight the words as required.

dì tiě 地鐵	chǎo miàn 炒麵	tóu fa 頭髮	chuán 船	sān míng zhì 三明治	shàng xué 上學
miàn bāo 麵包	bí zi 鼻子	jiǎo 腳	zuǐ ba 嘴巴	zì xíng chē 自行車	shàng bān 上班
qǐ chuáng 起牀	shuì jiào 睡覺	jī dàn 雞蛋	shǒu 手	chī wǔ fàn 吃午飯	chǎo fàn 炒飯
xiào chē 校車	cài tāng 菜湯	yǎn jing 眼睛	mǐ fàn 米飯	hàn bǎo bāo 漢堡包	xǐ zǎo 洗澡

1) Food: 綠色 (lǜ sè)

2) Means of transport: 紫色 (zǐ sè)

3) Daily routine: 棕色 (zōng sè)

4) Parts of the body: 粉色 (fěn sè)

B Answer the questions by drawing pictures.

nǐ xǐ huan chī shén me 1) 你喜歡吃什麼？	nǐ xǐ huan hē shén me 2) 你喜歡喝什麼？

第十六課　哥哥的愛好

A Find in the blanks with the words in the box.

喝　騎　舉　吃　炒　看　踢　彈　洗

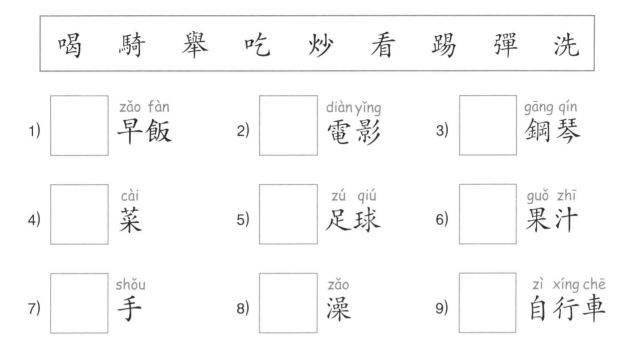

1) ☐ zǎo fàn 早飯

2) ☐ diàn yǐng 電影

3) ☐ gāng qín 鋼琴

4) ☐ cài 菜

5) ☐ zú qiú 足球

6) ☐ guǒ zhī 果汁

7) ☐ shǒu 手

8) ☐ zǎo 澡

9) ☐ zì xíng chē 自行車

B Find the common part and then write it out.

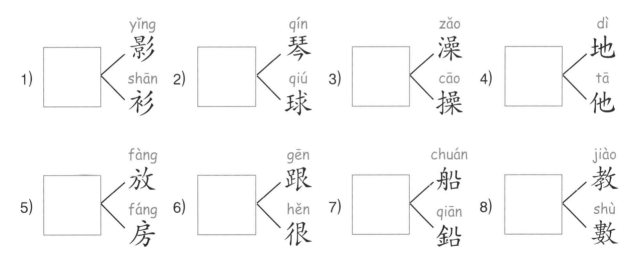

1) ☐ yǐng 影 / shān 衫

2) ☐ qín 琴 / qiú 球

3) ☐ zǎo 澡 / cāo 操

4) ☐ dì 地 / tā 他

5) ☐ fàng 放 / fáng 房

6) ☐ gēn 跟 / hěn 很

7) ☐ chuán 船 / qiān 鉛

8) ☐ jiào 教 / shù 數

C Answer the question in Chinese, otherwise in pinyin.

nǐ yǒu shén me ài hào
你有什麼愛好？＿＿＿＿＿＿＿＿＿＿＿＿

第十六課　哥哥的愛好

A **Fill in the time and put short and long hands on the clock.**

wǒ yì bān　　　　　qǐ chuáng
1) 我一般＿＿＿＿＿起牀。

wǒ　　　　　shàng xué
2) 我＿＿＿＿＿上學。

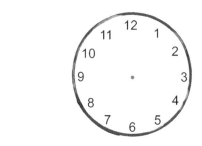

wǒ men　　　　　fàng xué
3) 我們＿＿＿＿＿放學。

wǒ yì bān　　　　　shuì jiào
4) 我一般＿＿＿＿＿睡覺。

B **Circle the words/phrases and then write them out with their meanings.**

huá 滑	bīng 冰	kàn 看	chǎo 炒
nǎo 腦	diàn 電	miàn 麵	bāo 包
yǐng 影	shì 視	wǎn 晚	tán 彈
nǐ 你	zǎo 早	fàn 飯	gāng 鋼
tī 踢	zú 足	qiú 球	qín 琴

1) 滑冰 skating

6) ＿＿＿＿＿＿＿

2) ＿＿＿＿＿＿＿

7) ＿＿＿＿＿＿＿

3) ＿＿＿＿＿＿＿

8) ＿＿＿＿＿＿＿

4) ＿＿＿＿＿＿＿

9) ＿＿＿＿＿＿＿

5) ＿＿＿＿＿＿＿

10) ＿＿＿＿＿＿＿

第十六課　哥哥的愛好

A **Write the characters.**

① ▢ eye

② ▢ person

③ ▢ sky

④ ▢ strength

⑤ ▢ up

⑥ ▢ middle

⑦ ▢ down

⑧ ▢ leather

⑨ ▢ field

⑩ ▢ insect

⑪ ▢ moon

⑫ ▢ sun

B **Fill in the blanks with the characters in the box, otherwise use pinyin.**

tī	shuō	tán	chī	hē	qí	kàn	chuān
踢	說	彈	吃	喝	騎	看	穿

1) _{jiě jie bú huì} 姐姐不會＿＿＿ _{zì xíng chē} 自行車。

2) _{dì di hěn xǐ huan} 弟弟很喜歡＿＿＿ _{zú qiú} 足球。

3) _{wǒ měi tiān dōu} 我每天都＿＿＿ _{niú nǎi} 牛奶。

4) _{mā ma bù xǐ huan} 媽媽不喜歡＿＿＿ _{kuài cān} 快餐。

5) _{tā měi tiān dōu} 他每天都＿＿＿ _{diàn shì} 電視。

6) _{nǎi nai huì} 奶奶會＿＿＿ _{fǎ yǔ} 法語。

7) _{yé ye bú huì} 爺爺不會＿＿＿ _{gāng qín} 鋼琴。

8) _{mèi mei xǐ huan} 妹妹喜歡＿＿＿ _{duǎn kù} 短褲。

第十六課　哥哥的愛好

A Circle the right character to form a word. Write the meaning of each word.

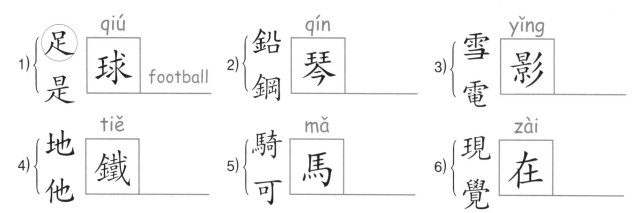

1) 足 / 是　qiú 球　football

2) 鉛 / 鋼　qín 琴

3) 雪 / 電　yǐng 影

4) 地 / 他　tiě 鐵

5) 騎 / 可　mǎ 馬

6) 現 / 覺　zài 在

B Write the radicals.

① ▢ bow

② ▢ ornament

③ ▢ ice

④ ▢ horse

⑤ ▢ bird

⑥ ▢ fire

⑦ ▢ boat

⑧ ▢ square

⑨ ▢ stand

⑩ ▢ hand

⑪ ▢ food

⑫ ▢ sheep

C Circle the action words/phrases.

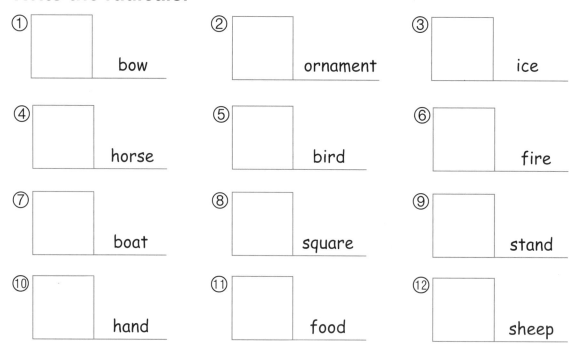

tī zú qiú	qí zì xíng chē	qǐ chuáng	xiào chē	tú shū guǎn
踢足球	騎自行車	起牀	校車	圖書館
tán gāng qín	kàn diàn shì	jī dàn	huá bīng	shuō hàn yǔ
彈鋼琴	看電視	雞蛋	滑冰	說漢語